GOSCINNY ET UDERZO PRÉSENTENT UNE AVENTURE D'ASTÉRIX

LE TOUR DE GAULE D'ASTÉRIX

Texte de **René GOSCINNY**   Dessins d'**Albert UDERZO**

HⴲHACHETTE

HACHETTE LIVRE - 43, quai de Grenelle, 75905 Paris Cedex 15

AVEZ-VOUS TOUT LU ?

ÉGALEMENT ÉDITÉES PAR LES ÉDITIONS ALBERT RENÉ

LES AVENTURES D'ASTÉRIX LE GAULOIS

ALBUMS DE FILM

ASTÉRIX ET LA SURPRISE DE CÉSAR
LE COUP DU MENHIR
ASTÉRIX ET LES INDIENS

ALBUM ILLUSTRÉ

COMMENT OBÉLIX EST TOMBÉ DANS LA MARMITE DU DRUIDE QUAND IL ÉTAIT PETIT

DES MÊMES AUTEURS AUX ÉDITIONS ALBERT RENÉ

LES AVENTURES D'OUMPAH-PAH LE PEAU-ROUGE

OUMPAH-PAH LE PEAU-ROUGE
OUMPAH-PAH SUR LE SENTIER DE LA GUERRE / OUMPAH-PAH ET LES PIRATES
OUMPAH-PAH ET LA MISSION SECRÈTE / OUMPAH-PAH CONTRE FOIE-MALADE

LES AVENTURES DE JEHAN PISTOLET

JEHAN PISTOLET, CORSAIRE PRODIGIEUX
JEHAN PISTOLET, CORSAIRE DU ROY
JEHAN PISTOLET ET L'ESPION

À PARAÎTRE :

JEHAN PISTOLET, EN AMÉRIQUE / JEHAN PISTOLET ET LE SAVANT FOU

© 1965 GOSCINNY-UDERZO
© 1999 HACHETTE
Dépôt légal : 7959 - octobre 1999 - Edition 04   ISBN 2-01-210005-8
Imprimé en France par *Partenaires-Livres*®
« Loi n° 49-956 du 16 juillet 1949 sur les publications destinées à la jeunesse. »

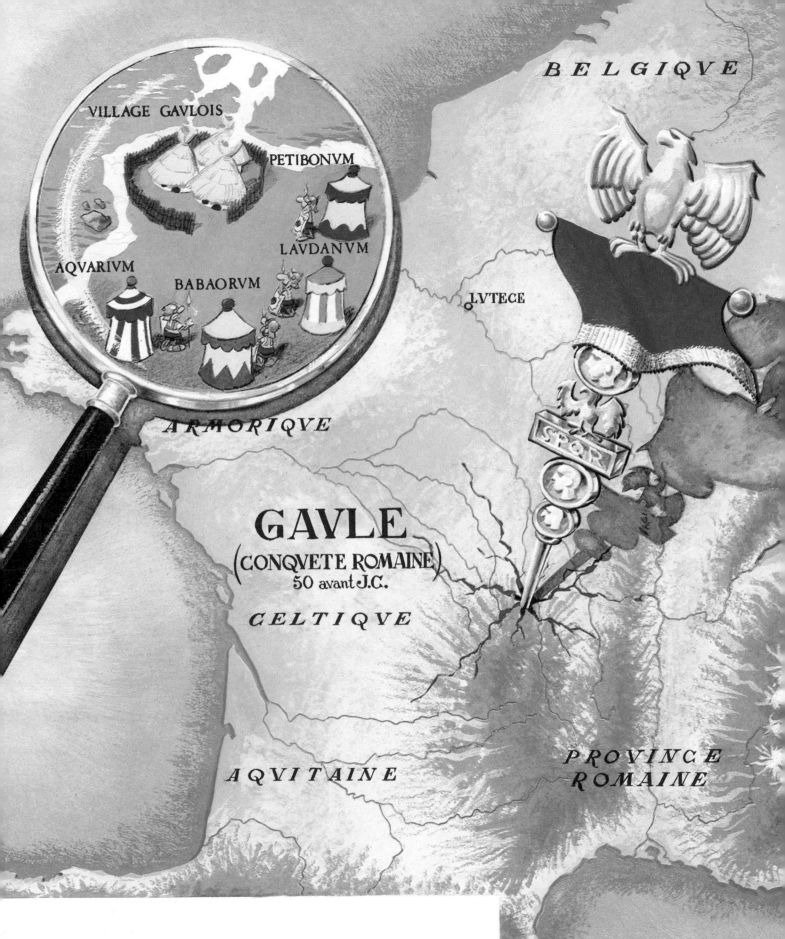

VILLAGE GAVLOIS

PETIBONVM

LAVDANVM

AQVARIVM

BABAORVM

ARMORIQVE

BELGIQVE

LVTECE

SPQR

GAVLE
(CONQVETE ROMAINE)
50 avant J.C.

CELTIQVE

AQVITAINE

PROVINCE
ROMAINE

NOUS SOMMES EN 50 AVANT JÉSUS-CHRIST. TOUTE LA GAULE EST
OCCUPÉE PAR LES ROMAINS... TOUTE ? NON ! UN VILLAGE PEUPLÉ
D'IRRÉDUCTIBLES GAULOIS RÉSISTE ENCORE ET TOUJOURS À L'ENVAHISSEUR.
ET LA VIE N'EST PAS FACILE POUR LES GARNISONS DE LÉGIONNAIRES
ROMAINS DES CAMPS RETRANCHÉS DE BABAORUM, AQUARIUM,
LAUDANUM ET PETIBONUM...

ASTÉRIX, LE HÉROS DE CES AVENTURES. PETIT GUERRIER À L'ESPRIT MALIN, À L'INTELLIGENCE VIVE, TOUTES LES MISSIONS PÉRILLEUSES LUI SONT CONFIÉES SANS HÉSITATION. ASTÉRIX TIRE SA FORCE SURHUMAINE DE LA POTION MAGIQUE DU DRUIDE PANORAMIX...

OBÉLIX EST L'INSÉPARABLE AMI D'ASTÉRIX. LIVREUR DE MENHIRS DE SON ÉTAT, GRAND AMATEUR DE SANGLIERS ET DE BELLES BAGARRES. OBÉLIX EST PRÊT À TOUT ABANDONNER POUR SUIVRE ASTÉRIX DANS UNE NOUVELLE AVENTURE. IL EST ACCOMPAGNÉ PAR IDÉFIX, LE SEUL CHIEN ÉCOLOGISTE CONNU, QUI HURLE DE DÉSESPOIR QUAND ON ABAT UN ARBRE.

PANORAMIX, LE DRUIDE VÉNÉRABLE DU VILLAGE, CUEILLE LE GUI ET PRÉPARE DES POTIONS MAGIQUES. SA PLUS GRANDE RÉUSSITE EST LA POTION QUI DONNE UNE FORCE SURHUMAINE AU CONSOMMATEUR. MAIS PANORAMIX A D'AUTRES RECETTES EN RÉSERVE...

ASSURANCETOURIX, C'EST LE BARDE. LES OPINIONS SUR SON TALENT SONT PARTAGÉES : LUI, IL TROUVE QU'IL EST GÉNIAL, TOUS LES AUTRES PENSENT QU'IL EST INNOMMABLE. MAIS QUAND IL NE DIT RIEN, C'EST UN GAI COMPAGNON, FORT APPRÉCIÉ...

ABRARACOURCIX, ENFIN, EST LE CHEF DE LA TRIBU. MAJESTUEUX, COURAGEUX, OMBRAGEUX, LE VIEUX GUERRIER EST RESPECTÉ PAR SES HOMMES, CRAINT PAR SES ENNEMIS. ABRARACOURCIX NE CRAINT QU'UNE CHOSE : C'EST QUE LE CIEL LUI TOMBE SUR LA TÊTE, MAIS COMME IL LE DIT LUI-MÊME : "C'EST PAS DEMAIN LA VEILLE !"

6

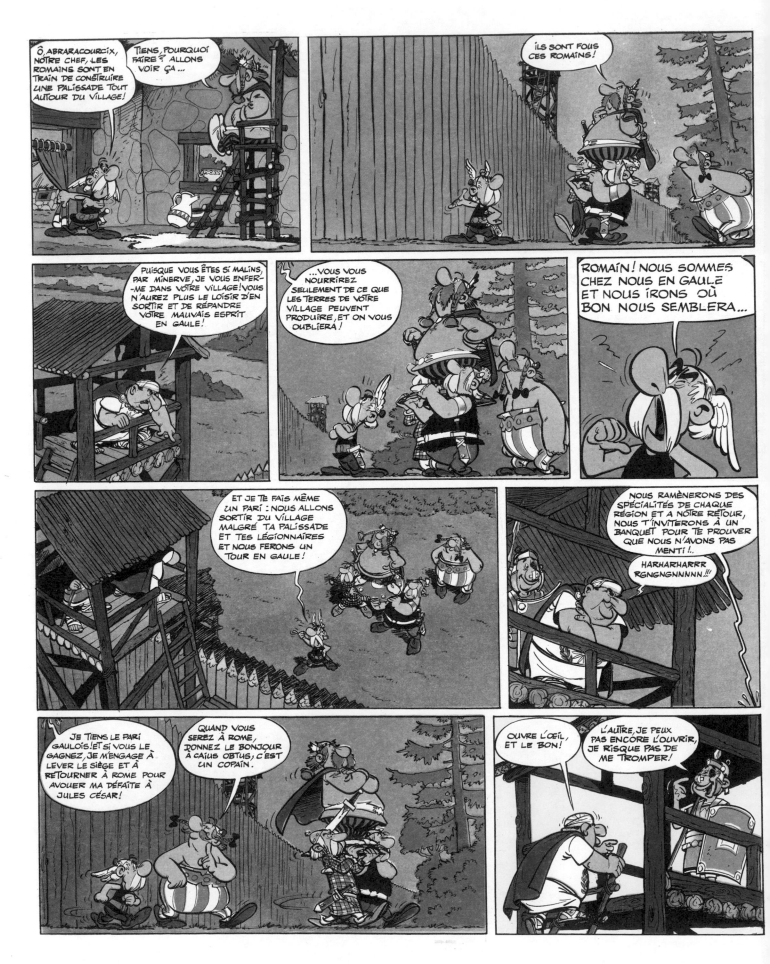

8

9

11

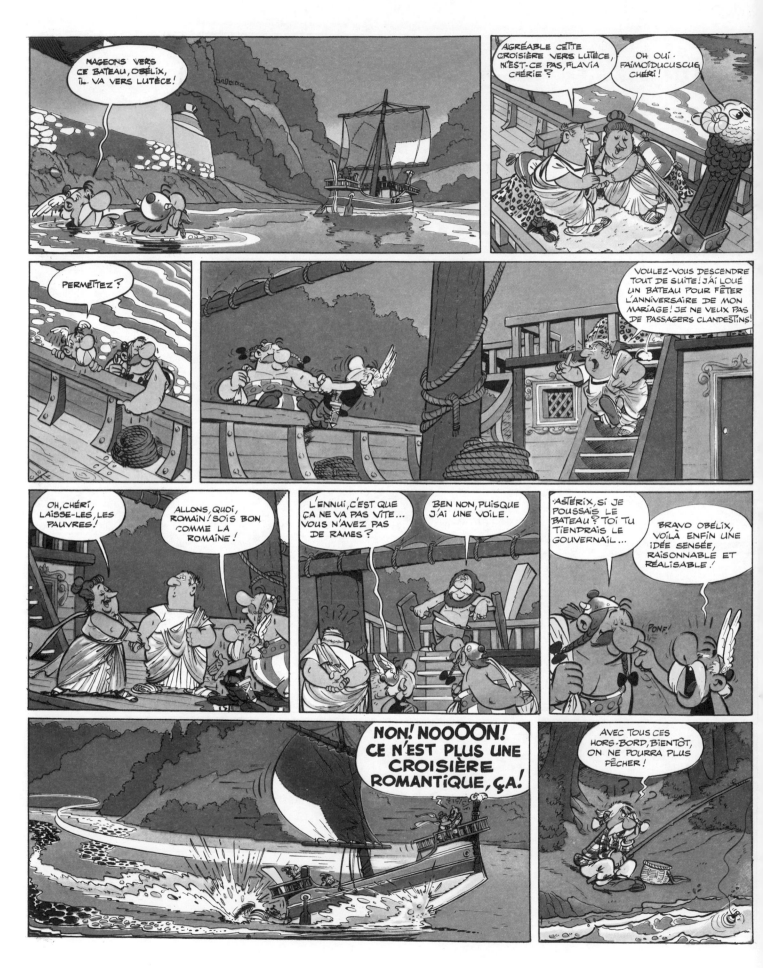

12

13

14

16

18

20

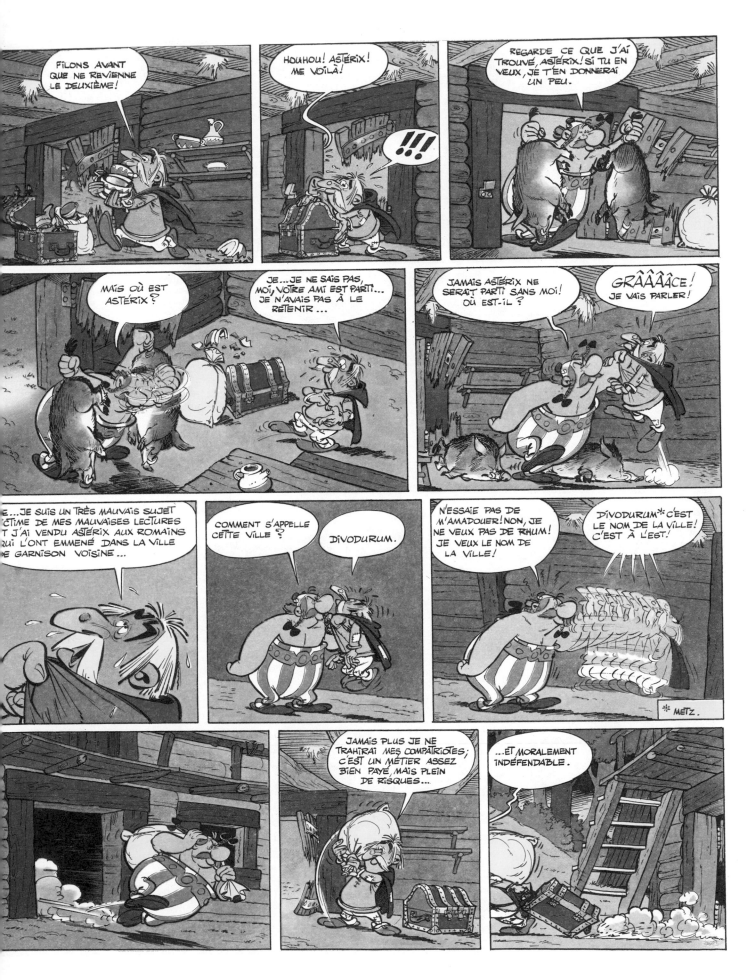

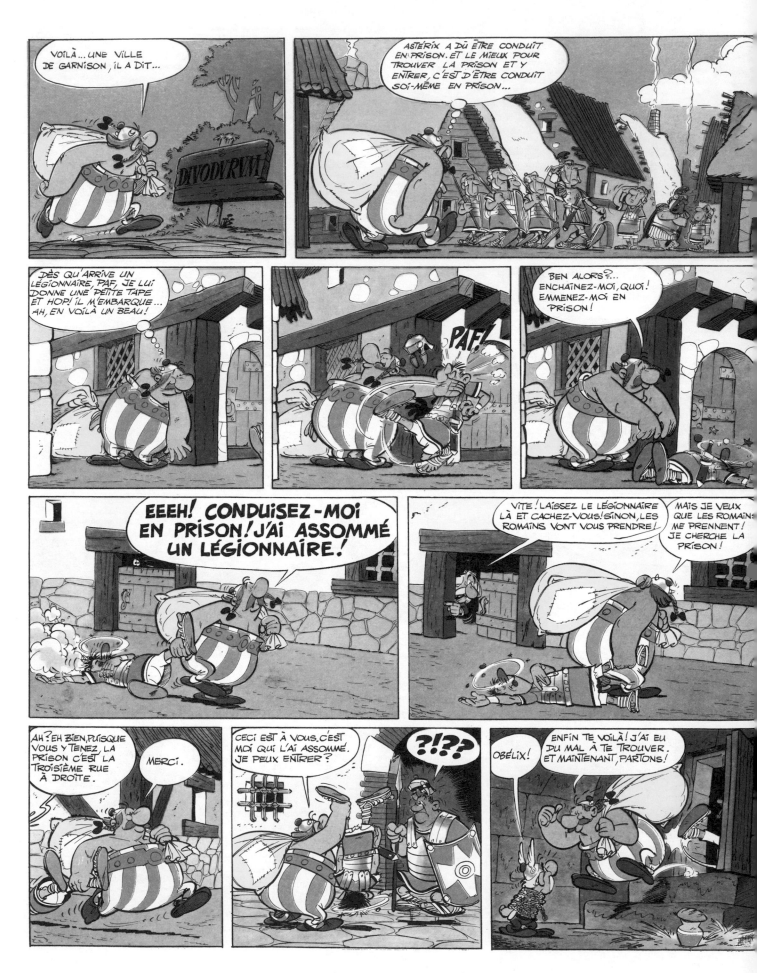

22

24

25

28

32

33

34

35

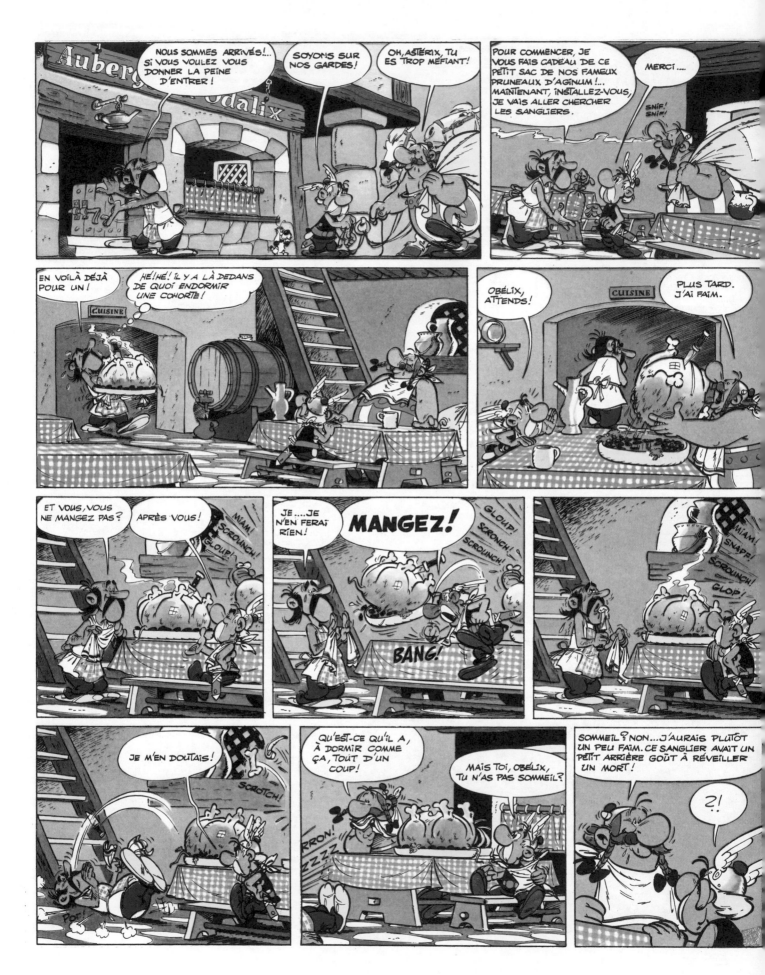

42

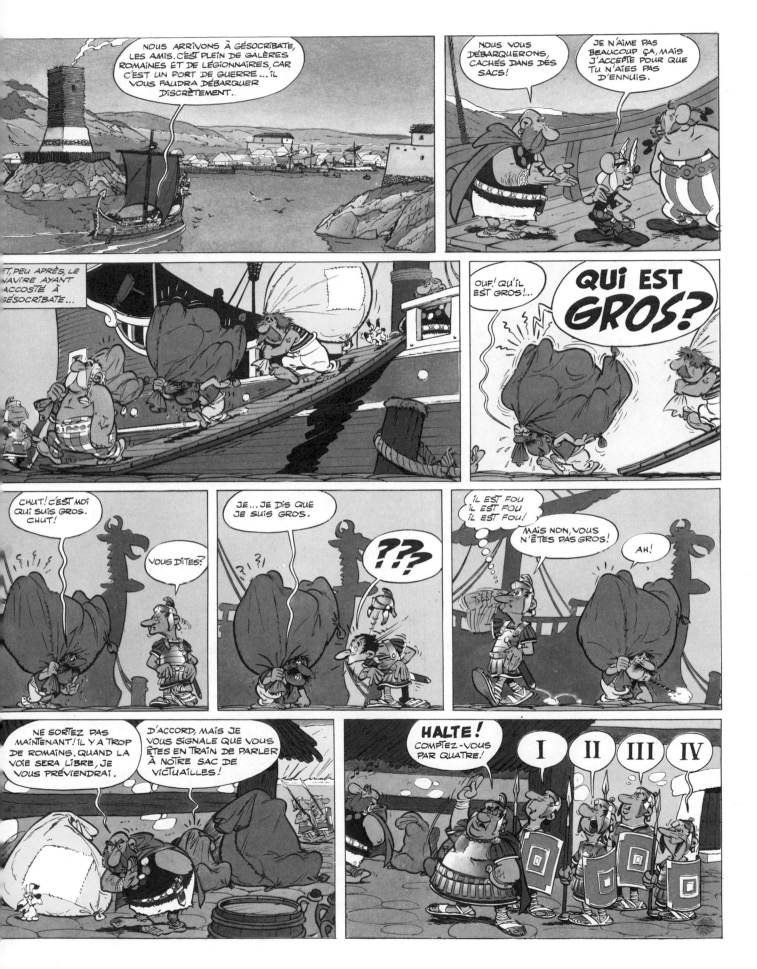

45

47